歌集

塗中騒騒

坂井修一

本阿弥書店

歌集　塗中騒騒＊目次

装幀　片岡忠彦

カバー画　ワシリー・カンディンスキー「上向き」

歌集

塗中騒騒

坂井修一

たらちね

ひよひよと鶉となりてさまよへりつくし野病院あけぼのの母

入院棟鈴を鳴らして母あるく夢だけをみる鶉の目して

つぶら目の母は廊下でたちすくみセントエルモの火のごとひかる

迷宮を知らず迷宮ゆく母よ　白髪《しらが》のわれを呼ぶ「はかせちゃん」

はかせとは踵のしたのごはんつぶ　取つておかなきや歩きづらいわい

うつし絵にうつるあたまのそのなかでくたくたとああたらちねは崩《く》ゆ

おのづからちぢこまりつつ hippocampus† 母を連れゆくやさしいむかし

† 海馬

をさなごとなりし母ひたと手で押さふ防空頭巾このベレー帽

見開けば母はこんなにうつくしい「アリスのままで」のジュリアンよりも

ありふれて薔薇かすみ草咲く花瓶　季節わからぬ母がほほゑむ

母はいまエデンの園にあそぶ蝶シャロンの薔薇の香をかぎながら

ちあきなおみ「夜間飛行」をうたふ母　父でもわれでもなき人恋ひて

われは知るむかしの母の恋人のほほ痩せてぽこりゑくぼの浮くを

背を撫でてしづかに父の呼ばふとも母はこの世のをみなにあらず

「また君に恋してる」父のオハコなり「君」はここ「君」はどこにもゐない

母の余命ホームに入らば長からむいへども父は首振るばかり

妻ゆかば丹頂よりもしらしらと痩せて空見む羽なきひとは

死を飾る学位称号なき父のうつくしさわれはいまに嫉まし

秋風にすきまひろがる銀の眉泳ぐはあはれちちのみの顔

わが怒り爆風のごと父を撃つ最期まで母を看るとふ父を

ほんたうのこと言へばわれはたらちねをゆだねたくなしこのちちのみに

妻はちさき身を寄せわれをなだむれどゆふべは猛る父撃つこころ

怒と哀は寄る波喜と楽かへる波　死んだらわたし海になりたい

蜆蝶雨に打たれて死ぬらむか空を見てゐるわたしも蝶だ

於母影

秋の日は冬のひかりを芯に秘めしらしら浮かぶ不忍池

ひと恋ひて火照る身ひとつしづめむとこの池めぐるはたちのわれは

日はにがし月むごたらしぴしぴしと光陰はいまもわれを虐ぐ

鳴きながらからからだとこころ空へゆくハシブトカラスの姿でわたし

文人もここで見にけむ波のまにかりがねうかぶ河童がしづむ

雨降りのアジアの端にもどりきてことばまみれよ森家の太郎

『於母影』の扇のうへの髭小僧そを鷗外と知れば風立つ

ひとゝせを直文・鷗外きそひたる日本語脚韻ほろぶもあはれ

『於母影』と三行半と鷗外はえいとものせりああしかめ面《つら》

バイロンをこころにもちてバイロンを離るることばあはれ「いねよかし」

気仙沼の落合直文顕彰会に招かれた

この秋は「いねよかし」語り飽かざりき雨ふりやまぬ直文の国

女流歌人連歌の会

水月ホテル「於母影の間」に歌仙巻くわが師わが妻若かりし声

「馬場先生、着物ぢやないの?」絶叫す盟子さんひとり帯をゆらして

孫できてパンパカパンのふみくれし歌名人の名は秘めおかむ

わたしは俗中の俗に

手帖あふれる黄色い赤い付箋たちわれを呼ぶらむ地獄極楽

あかあかやスマホの面《おも》の閑吟集「一期は夢」も指振れば消ゆ

ゾンビの奢り　――大東京競詠短歌・文京区――

夜明けの夢

禁書指定『水死』『水葬物語』朝刊の文字息のみ見つむ

ふるぼけたロボットの群《むれ》あはれあはれ滅ぶときたつ昭和のにほひ

あかあかとアトピーの首さらしつつ教へ子ははこぶロボットの屍《し》を

時代遅れのロボットは脳死させるべし記憶残らばゾンビとならむ

顎の下汗かきながらハンマーでぼんぼんと割るロボットのあたま

そつと手に生卵つつみ持ちあげし〈弱腕アトム〉よきみが好きだつた

廃ロボット博物館組・倉庫組分けるわたしはにんげんの化石

ヒューマノイド抱いて階段降りるときウィンクをするきんいろの目が

ロボットの源氏名〈珠代〉かなしむはピュグマリオンのこころなるべし

「ゾンビでもよいからわれにかへりこよ」昭和の恋はひたぶる暮るる

二号館「番人ぢいぢ」われのことコーヒーの湯気に眼鏡がくもる

若きらはどんびきされどくりかへす大江・塚本読んで出直せ

冬あゆむ公孫樹の並木ひしひしと銀のゾンビに繞《しま》かれながら

「死者何人運べばここを去れるのか」さう問ふわれはあさつての死者

白黒

枕もとスマホがふるふる顔ひかるじいじいばぶばぶミサイル警報

白も黒も嘘の色なりされどまた「白黒つけよ」くれなゐの世は

賛美歌もアザーンもなき二千年山川草木声たてふるふ

あかつきのひかりにおもふ山上の耶蘇はさびしい吟遊詩人

キリストの氷のごときリアリズム恐れつ恋ひつ垂訓を読む

キリストを捨てしペテロの額《ぬか》の汗われも拭きつつ小床よりいづ

ロンドン塔くろき責め具に見開きし少年のまなこ復《ま》たかへるべし

とんぼ

テリヤの舌あかくほのめく公園の空気は揺らすむぎわらとんぼ

とどまるも去るも地表のはかなごと夕べほろほろしほからとんぼ

しほからとんぼわれは見飽きずまるい石かどある石のどちらにとまる

虫を食ふおほきなおほきなヤゴだつたいまむくどりに追はるるとんぼ

人間はいちどももたず彼はもつ水くぐるいのち空とぶいのち

皮膚の裏くれなゐばかりふくらませ肺呼吸するにんげんわたし

おほきなとんぼちひさなとんぼにちかづいてかりかりこりこりあたまを齧る

『進撃の巨人』

むかしむかしからさうだつた　おほきなひとちひさなひとを食べてほほゑむ

魯迅『狂人日記』

とんぼ食ふとんぼ　にんげん食ふにんげん　ことりことりと地球はまはる

とんぼの目見ておもひだすとんぼより酷い目ありしきのふの会議

カクテル

——岩田正の思ひ出——

マティーニはがつんと甘い岩田流やがてじわじわ天国の声

冬盛るをとこは楽し　早口の語源注釈コックス・テイル

せかせかとシェイカーふればしづもらぬ赤、青、黄色しぶき飛びくる

ピンク・レディーそそぎし君のはにかみのひとよ変はらぬそのレディー好き

むかしむかし忠告ありき「字余りの多い女にゃ気をつけるんだ」

恋のはじめすべてゆきずり「それでいい」　三途の川の櫂の軋みか

天《あめ》ならば薔薇星雲になれよかしハッブル望遠鏡めぐる夜

三十三本

歯ブラシのあとリステリンそのあとに歯間ブラシをわが歯は迎ふ

リステリンしみる歯茎のやるせなさきりきりと歯間ブラシがこする

わが成ししコンピューターこのブラシほどひとよろこばす須臾のありしや

なぜかしら三十三本歯がならびつむじがふたつ　私あふれる

親不知四本抜いてもう一本抜くとき笑ふ医者なぜ笑ふ

二十八本の歯となつてわれは標準品ほほゑみうすく春の道ゆく

胃袋

一生涯闇ならむこの胃のふくろ一年一度のカメラのひかり

春ふかく噴門あけて降りてゆくもうすぐ届く胃袋の底

口拭いて立つときふるふわれの胃よ血の斑点もダンスしてゐむ

春菜入れ魚入れやがて桃入れて身震ひはじむ夜の胃袋

全自動洗濯機かもわがからだスイングしてるプハプハペッポ

みなかみ

身はひとつ南国生まれ根無し草葉つぱくすぐる上州の風

落ちやまぬ吹割の水そのめぐりふかくなりゆく木と人の影

雲の下日の下草の上をとぶつばめよ永遠《とは》のなかなる須臾よ

石のなか日が入るときよみがへる目と耳と鼻　石は顔となる

顔のうへ風がすべると消えてゆく鼻と耳と目　顔は石となる

丸沼にあたらしき泉みつけたりわたしあかんぼみなかみのみづ

風がふくかなたこなたよ欲望と苦痛がわたし引き裂いてゐる

青は山河の色、銀は都市の色

水うまれどこへでもゆく青世界　ひばり鳴かないこの銀世界

シチズンの時計を巻いて傷かくすさびしいわたし嘘つきわたし
スカラべとなりかぽかぽと歩いてく五月ゆふやみ降りてくる野を

いきものねずみ、ＡＩねずみ

阿弖流為《あてるゐ》の屋敷燃ゆるを落ちのびしねずみの裔かきううと鳴けり

林檎箱こりこりこりこりの音やみて悪党ねずみは春走るらむ

むかしむかし「利宇古宇《りうこう》」なりしくだものは巨大異変種「ふじ」に化けたり

「利宇古宇」を食ひて精つけし祖《おや》ありき千年ののち「ふじ」食むねずみ

悪党は引きあふらむか馬場あき子ねずみにまみゆ風呂出づるとき

罠《トラップ》にかかったらしい

馬場あき子の孤独を訪へるねずみありこのねずみはも踊らざりけり

九十のあき子の声に叱られしねずみ啼くわが若き日のごと

「ごめんね」とひとつ唱へて棒で突くむかし悪党の裔なるねずみ

ＡＩはわたしをこんな目で見るか　罠《トラップ》のねずみ見てゐるわたし

進化して神経回路網《ニューラルネット》冴えゆかむジェリーが作るＡＩねずみ

ＡＩのねずみは仕事奪ふべし〈ベーシック・インカム〉[†]テレビが唱ふ

† 最低限の生活保障のための国の現金給付制度

ベーシック・インカムにひとはほほゑむや「マトリックス」のサイファーのごと

ベーシック・インカムでひとは歌を詠む桶に潮吹くしじみのやうに

医療用ナノロボット

癌細胞生《あ》るるすなはち切除する一万匹のナノの蚤たち

無人兵器

大統領弑してゆふべ音ひくき千万匹のドローンの虻

ぴいぴい

ぴいぴいと冷蔵庫鳴りいづるまで桃の実見つむあけぼのの桃

これやこの鬼の食ひ物赤と黄のくすしき模様しづもりがたし

この桃は腐るばくだん　おぼおぼとあまき泡たち世界はつづく

ぴいぴいと鳴くから閉ざす冷蔵庫　誘惑ひとつとほざけるごと

「茂吉さん」「白秋さん」そつと呼んでみるこの本棚はあの世の扉

針の山

YouTubeで、桂枝雀の「地獄八景亡者戯」を見ている。今は朝の六時。ちょうど、軽業師の野良市が針の山に登り、蹴り壊して禿げ山にしてしまうところだ。

もうすぐ出勤——枝雀に笑い泣きする私も、朝に浮き世の針山を登っては、夜に降りてくる、そんな一日が始まる。人生百年時代というが、長寿になったってこういう毎日が延長されるだけのことだ。あげく、あの世で本物の針の山に会うのだろう。落語と違って、針山を禿げ山にする楽しみは私にはない。

軽業師ひとの寿命を縮めたと大顎引いて閻魔が言へり

針の山とんとんからから野良市が蹴れば悲しも禿げ山となる

悪党の四人よけれど血の池や針の山なかんづく人呑鬼あはれ

あと五分閻魔が虚仮にさるるまでわが笑ひ泣き〆《しめ》となるまで

針山のくすしきひかり恋ふる目よ浮き世の針はひからずに刺す

針山の針の出どころたづぬればわが大学の名をいふ媼

にんげんのこゑ

この夏は金星のひかり三回目カウンセリングのこの西の窓

われよりも才ある若きいちにんがまひまひつぶろとなりて菜を食む

若者はアマゾン・エコーに問ひをなげ二秒待つ白いうすわらひして

ＡＩが法律つくるつぎの世のＡＩつくるにんげんはいま

ＡＩを愛とよむひと羨《とも》しけれ Artificial Inferno《人工地獄》とよむひと怖し

にんげんの世の果てしのち「愛」を問ふにんげんのこゑのロボットたちは

ペロリさん

医学部に太田正雄の名は高し　「ペロリさん」ぽつん斎藤茂吉

斎藤茂吉われにちかづき杢太郎そつと遠のくあかつき枕

講堂前敷石でコンとつまづきぬ学者はみだす茂吉とわれと

電情†の「ペロリさん」まれに物言へばふつふつと出る顎下の汗

† 電子情報工学科

「ペロリさん」教授になつて十七年老荘聖書で会議凍らす

儵《しゆく》と忽《こつ》渾沌におほき穴あけてそを誇るなり　本郷は霧

地獄帰り渾沌の王が俺なのだ　黙れ浮き世の屁理屈男

裁量労働教授十人癌で死ねどニュースはセクハラ・捏造に尽く

頭《づ》をたたきこめかみおさへ鼻つまみ　学生には見せられんなあ夜の顔

顱頂禿げほよほよと出る苗の髪さやれば進む定員削減

東大の世界ランキングが三十九位から四十六位に落ちた

夜の蠅灯をめがけ飛ぶ単純をしばらくまもりそつと目そらす

怒りもて黙せばわれの胃の壁やぽつんぽつんと血の小花咲く

かみさんと産業医同じ口調なり「仕事ヲ減ラセ、寝ヨ七時間」

チャッカマンのやうに火が出た小高賢、岩田正よいまわれが火かわれのなかふたつの〈坂〉が対話する『柿生坂』そして『秋の茱萸坂』

あらたまの年金受給いつの日か歌だけにせむわが身と待てど

新居購入

もうここで死ぬほかはなき家買へば田舎ねずみは都会のねずみ

引っ越し荷物減らさむためぞうるさいぞボルドー抜けば香がたちのぼる

学期末試験

はじめ甘々最後激辛問の一〇　鬼のペロリはまだまだ老いぬ

「ペロリさん、相談！」と来る学生よ　ノックせよ今は採点中だ

ＡＫＢと握手しにゆく卒論生　笑ふ修論欅坂命

平成末年ぬばたまの実の照り映えてビットコイン怖い欅坂嫌ひ

ぼら

大淀はあげ潮の波娑婆の風しろがねのぼら跳ねては落つる
大淀の泥食ふぼらよ悪食のやまざればおのれ笑ふ顔して

夏のぼら食ひて泳いで寝て起きて世をおもふなしからだふくらむ

泥を食ふぼらを食ひわれらながらへき落暉は触るる夏の悲しみ

川あればふたつ岸あり大淀の彼岸ふくらむ花街あかり

すみとほるたまゆらの湯の露天風呂ゆふだちが来てわが顱頂打つ

きんいろのひかりたたふるこのあたま生えずともよし煉獄の髪

三度目の辞表

平成三年、十一ヶ月の子供を連れて渡米

春一番砂塵のなかをわがジャンボ胴震ひして地をはなれゆく

恋よりもさびしき片道切符なりさよなら敷島夜の滑走路

にっぽんにえうなきわが身たとふれば太平洋を飛ぶあはうどり

ＭＩＴ招聘研究員

バブル崩壊わが給料に無縁なれどけふは朝から舌がつめたい

ロブ君はロブスター

ロブ君はゆであげられてアニメ顔ほよほよ笑ふ子のクリスマス

モンローとディマジオの恋で盛り上がるリーガル・シーフード　われは帰らな

平成四年、帰国

目には見えぬ頸木がひとつひさかたの祖国を濡らす雨のすきまに

超並列コンピューターの研究開発

メッセージ交はして進むシミュレーション測りつくさむ世界の死まで

平成六年、十万マイルのフライト

時代くだれば世界いよいよ薄つぺらビッグベン黄金《きん》にそびゆるあはれ

"proud man's contumely" (Hamlet)

極上の食後酒のごと死をおもひひとの侮蔑にわが耐へてをり

平成七年、一ドル七十九円の旅

世界ひれふす薄紙のなかくちびるを〈へ〉の字にむすび福澤諭吉

三度目の辞表を書いてふところへ　澄み果てよわがこころの泉

平成一三年、母校の教授になる

雲や春喧嘩のあとも喧嘩して吹きかへされてただいまの門

プラスマイナス板書まちがへ立ちつくす不惑すぎてもわれ落ちこぼれ

金型はいまも日本の十八番　金型のなか物言はぬことも

"Jealousy is a monster with a green eye" (Othello)

碧眼の〈嫉妬〉が燃やし尽くすためひとの世はあるまた夜が明ける

平成一六年、大学法人化

人件費定率削減最後まで知らせざりしよ霞の国よ

平成二一年、『望楼の春』上梓

いまもなほ改修中の大講堂しづめがたしや昭和の火焔《ほのほ》

平成二五年、研究科長拝命。痛風で倒れる。さらに消化管の手術

会議室「金持ち病！」と笑はるる9Eの靴で杖もて入れば

平成二六年二月一〇日　小高賢死去

目をほそめ「東大つぶせ」と小高賢雪の天窓からわれに告ぐ

一一月　総長選考会議

ダモクレスのつるぎ輝くその真下　われら座らすFive Gods《ごのかみさん》を

平成二七年四月一三日　東大入学式（日本武道館）で式辞

あらたまの春のよき日の若きらよすべての学は迷宮《ラビユリントス》だ

"My love's more ponderous than my tongue." (King Lear)

短歌とは王家の秘伝　舌よりも重きこころを匂ひたたせよ

平成二八年一二月　父、誤嚥性肺炎で倒れる（二首）

認知症母は救急車呼べざりき　われを貫く氷柱《つらら》がひとつ

「延命治療ヲ禁ズ」と遺書は告げてをりそにやすらぎしわれを悲しめ

平成二九年一一月三日　岩田正死去

否定して否定してやつとたちあがるブラームスふかく肯ひしひと

平成三〇年春、ホテルモントレ横浜・随縁亭（結婚三十二周年）

隠し味そつとしのばす料理長松崎英司は浜のうたびと

五月二七日「かりん」四十周年記念祝賀会

四十年平安なきことかなしめよ歌びとはひとりひとりが鈍器

放送倫理・番組向上機構（ＢＰＯ）理事会

「ＢＰＯ死ね」と大書しＦＡＸすこの暗黒はいづこより来や

魔女が来る夜ごと昼ごとはてしらず言葉の麻薬飛ぶＴｗｉｔｔｅｒ

"Fair is foul, and foul is fair." (Macbeth)

＊

御しがたい心に、御しがたい世界が残った。

水盤をたちあがる夜の曼珠沙華平成はわが夢に消ゆる火

川風

裏門は酸きあまき香のたつものかこの裏門は花街に向く

柳橋に子をなすは良きにあらねどもかの先生やさびしかりけむ

われも知る先生の娘《こ》のうつくしさ墨田の花火息のみて見る

川風に昭和の空気すこしあり少女しづかにをみなとなりぬ

先生はチューブの束のなかにゐる言葉はあらず子を眺めてる

先生の病院でぽつり友はいふルソーも泥の恋ありけりと
黒くひかるあてなる友のカツラより先生の罪のあたたかさかも

明原

天井の隅這ふやもりこの古家去らむとすれば訪ふもののあり

ゆふぐれのひかりのなかをおほぞらの影絵となりてひよどりが舞ふ

この街の餞別のごと山鳩が糞おとすかなサイドミラーに

妻とわれ大利根の橋わたるときともに揺れをり晶子・鉄幹

秋は見よ利根川の上《へ》を飛ぶ雲のひかり追ひつつ明原に来ぬ

ひたすらの迷妄なにも変はるなし堆書塵埃ともにうつろふ

東葛飾高校

きみが母校あれかといへば妻笑ひ重ねて問へば聞こえぬといふ

梵天

目の焦点ぼかせば秋の雨の窓スライムいくつ遊びやまずも

とねりこの葉をさざめかすはぐれ蜂おのづから嗤《わら》ふ声たつごとし

あたらしきＩＴの世とわれもいへど進化速きはほろびも早し

「自由のため国家は要るや要らざるや」フランスは国家試験に問へり

正解なき試験をいちど作りたし　教授といふもあと五年半

ビットコイン狂奔の若き眼鏡らよわれは言ひたしルソーを読めと

耳かきの梵天ほどのよろこびよ工学部きみが歌詠む聞くは

黄落

ひといきに暮れゆくならむ滅ぶらむ大黄落はわが窓に映ゆ

銀杏の葉あかるき庭よ踏みゆかば乾いてゆくかこころの襞も

ページ繰れば今にちかづく匂ひたつシュテファン・ツヴァイク『昨日の世界』

おほいなる夕日がわれの前にゐる　ツヴァイクを怒るトーマス・マンよ

ツヴァイクにマンに亡命の地はありき世界ひといろわれらには無し

ゴルゴンゾーラ

包丁の背にたなごころあてて押すチーズの青やわれは年経る

キャンティーはほつてりと藁に包まれてわれをいざなふゆふかげの端

妻を待つゴルゴンゾーラを舌にのせキャンティー呑めば妻を忘れて

食ひあきぬゴルゴンゾーラあの青で止めむと思ふいやその先か

ジュリエット

壜ひとつふつくらおなかにわらづとを巻いて立つてる朝のヴェローナ

老いゆかむヴァネッサ・レッドグレーヴよわがうつくしむ葡萄濃《こ》むらさき

還暦となりてひと恋ふやさしさや妻もみてゐる「ジュリエットからの手紙」

ポーズ押してトスカナの酒とりにゆくわれはましろき髪をかきつつ

われはわが白髪をわけしその指でキャンティ・クラシコの肩撫づるなり

サンジョヴェーゼあまきかをりが消ゆるまで夢みしわれやなに重ね来し

トスカナのするどきひかりわが知れど窓はしつとり日本の夕陽

伊予柑

伊予柑の房をひらけば霧たてりふるさと今もわれをけぶらす

伊予柑の皮ぼつぼつとにきびばかり振られてばかり十代の顔

なまごみのピンクの袋に落とししはわが顔に似る伊予柑の皮

湯気

友ふたり富貴高貴になりはてて豆腐の湯気のむかうで笑ふ

レクラム文庫《Bibliothek der Weltliteratur - Hermann Hesse》わが捨てざりき

みづからを涼しとわれはおどろけり蔑されて怒りわかざるわれを

蜘蛛

日のひかりかぼそき春やささがにのコガネグモぽつん天窓の隅

アイコンのカメラを押して「ひさしぶり」おほきな蜘蛛へ目線をおくる

蠅を食ひ蛾を食ひ虻食ひ蝶を食ひしあはせならむ蜘蛛のからだは

獣食ひ鳥食ひ魚食ひひとを食ひ快かぎりなしわたしの六腑

木造校舎好きだつたわたしありふれてこがねぐもゐた昭和のこども

どこまでもあかるいさむい春の家足なげだして黄金蜘蛛ぶらり

吹き抜けをゆわあゆわあと降りてくる蜘蛛は春色腹帯巻いて

あの蜘蛛はかの世猿飛佐助なり老いゆかむまで殺生の旅

天窓ゆ黄金の蜘蛛は降臨すわれといふくろき煉獄の縁

着地点見えぬわたしに着地してピアニシモ打つ脚がぽんぽん

のそのそときみ歩くこの禿げ頭くすぐつたいぞおりよ馬鹿蜘蛛

七色にわがほころびをかがやかせ黄金蜘蛛この歌稿さまよふ

「歌マダカ」「採点マダカ」「酒呑ムナ」まひるのメール踏みつぶせクモよ

スキャナーにかけ、ＰＣに入れてある
塚本さん遺言の文字「とこしへの嘘つきてみよ」いま蜘蛛が這ふ

ひさかたのひかりを渡りをへし蜘蛛なんにとまどふ液晶のへり

この昼は〆切ばかりどんづまりカロリーメイト二分で食べて

世界中の蜘蛛の捕食量は、世界中の人間のそれを上回る

枯れてゆく水も草木も　やがてこの蜘蛛とわたしは食あらそはむ

天窓

雨降ればいつも土砂降りバケツ降り天窓を踏むひかりの巨人

雨のつぶ空への窓を撲ちやまずひえびえとしろいあかつきが来る

雨はいま打擲の音ちちははが十二のわれを撲つ音ときく

われ撲ちてのち抱擁すたらちねの母こそ溶けてゆく飴細工

な忘れそ往復びんたちちのみの父こそあはれ酔へば子を撲つ

父解けぬ数学をわれは瞬解すそをよろこびし父よわが父

大堀川

いのちもつ音とし聞けば花虻の群れはちかづく菜の花の岸

水湧きて大堀川を奔りゆく逝くものは楽し音たてながら

春は張るいのちを呼ばなびんびんと撓る鯉みゆ大堀の瀬に

ちひさなる中州にちさき菜の花の群るるはあはれ水しぶくかも

下総の野に降りそめしゆふやみに大堀川の瀬の音きこゆ

もののふの八十のしらなみ瀬に立つを流されゆかむ鸛はしづかに

ひたひから黄の嘴《はし》いづる鸛よ鸛ああ断罪のごとくみにくし

みめよきはカルガモされどわが見つむ黒くさびしき夕風の鸛

筑波実験植物園

プラタナスあしたたたけば吸はれゆく音も空気も五月のわれも

プラタナス耳あてきけど声はなしわが背後さわ、さわ、さわとヒト

姫卯木うつむき咲かす春の水しんしんといま木のなかをゆく

花すなはち愛の器と姫卯木愛すれば火の嫉妬あるらむ

しろいしろいハンカチノキのハンカチが生殖器つつむわれ泣かまほし

日のひかりきいんと来たりしろたへのこのハンカチは藥を守らむ

フラボノイド木を守りひとを守るとふやすらひがたく木を見るひとを

オリーブ

うすみどりオリーブはあまた葉をひろげ夢みるならむギリシャの母を

わが庭のオリーブはすこし苦しさう葉むら重たしあしたより蒸す

みづけむり苔をはぐくむ朝の石ヘルンと呼ばれし小泉八雲

夜半呻く八雲よ八雲　西天のキリストははるか日本圧《お》しくも

うすあをき生々流転あまがへるわれと目があふ夜明けの溝に

オリーブは母の木そつと触るるとき昼けぶらせて時雨すぎゆく

燔祭

木にならびよき沈黙をわかつこと東京勤めの前にせむかな

黒猫の音なくすすむ従《つ》きゆけば老いびとおほき公園に来つ

このベンチ杖たてかけて座る日のとほからず来むほろほろと風

ゆつくりと日はのぼりゆく空の道しほからとんぼ浮き照れりみゆ

あした吹く風さはやかに鳴りいでよ東葛高校「自主自律」の碑

わが妻の訪《と》はぬ不可思議かく近く彼《か》をはぐくみし母校はあるに

長雨のすきまの晴れが庭にきてわれはまどろむ花虻のおと

バルコンの腰壁に身を寄せゆけばとねりこの葉が髪をくすぐる

朝九時の鉄橋鳴らす駆動輪見えねどまはる江戸川のうへ

をののきて「イサクの燔祭」おもふなり八百萬《やほよろづ》そよぐ日本の庭に

白頭をさやりておもふ百歳に嫡子イサクを得しアブラハム

燔祭に子をささげむとアブラハムまなこ光らせわが前をゆく

燔祭のイサクのからだこはばりて鳴りいでにけむ岩の肌《はだへ》に

かしのみのひとりご暮らす日本橋コンサルといふわが知らぬ顔

東京は子を生かすのか殺すのかわが進めこしＩＴの尖《さき》

水も空気も０、１の列におきかへて世はすすむ令和元年葉月

金融のビルのましろき壁にそひ子は歩むらむイサクめきつつ

この地球《テラ》は経済の星さはされど子よ金色《こんじき》のイサクとなるな

鴉

一寸法師仙人となり乗るならむ亀ほかり浮く不忍池

ももいろの蓮《はちす》ぽんぽんうちひらきみどり帽子の弁天がはゆ

なとがめそ蓮のぼりきてきんいろの蕊《ずい》よりもるる恋のにほひを

薄明に般若心経となふればわがのどぼとけ風来てさやる

妻問ひのかの日のわれの紺ブレの金ボタンいづこ朝《あした》の月よ

からすの目巓頂で感ず秋の森声は降らねどひかりが重い

マァマァと鴉の赤子啼くなれど欅は大樹知らぬふりする

天涯といふことば知るわれは見ず知らぬからすが天涯見つむ

がやがやの人間の世ぞうとましきなかぞらあをきカラスの世界

ぶたくさは鼻ほよほよとくすぐれりぶたくさ憎しその名悲しも

くちひげをふたつ垂らして空を見る真鯉はゆらり群を離れて

われひとりしづくも絶えてなほゐるはものおもふゆゑあした御不浄

やまとにはをらざりしかど今はゐむカミツキガメよ朝より暑し

生協食堂タニタ定食ごりごりと皿に盛らるる黄の根菜が

意気地なきわがスプーンのふるるとき朝のスープのなみだつあはれ

食堂のテレビいきなりサニブラウン汗散りやまぬアメリカの顔

息切るるキャスターの朝七時半ニュースいづれも泡だつなれば

口角を無理矢理あげてふんといふ妻捨て財捨て北野武は

セルロイド下敷き鳴らすびびんびんタケシふたたび鳴るかびんびん

耳順とふ不可思議は来てわが知りきグラスのふちの塩の甘さを

九分九厘貧に死ぬわれら地球人国の境の海にいさかふ

空母またふえてをちこち波しぶきちひさなちひさなこの星の海

大学は金なし時なし力なし　それでよし夕日照らす赤門

大学は人あり夢あり若さあり　われは最後のひとを育てむ

首すくめ亀に転生するわれか泥の渦巻くゆふぐれの池

やんま

ありあけの月より来たる飛行体ぎんやんまなんとむつかしい顔

大欅全身にゐる朝もみぢはだかとならむ生きものはみな

改札で挨拶されて礼すれど思ひ出せない美人の名前

わが美人ひとの美人とちがふことオードリーよりキャサリンぞよき

根津谷の朝は斜めのひかり来て頭くらくら講義にむかふ

三百人前に声あげ笑はせるチップス先生さよならの日まで

くきくきと胃の腑痛みて杢太郎日本のほろびいかに見てゐし

風

うろこ雲とほく乱れて暮れゆけば上野の森にわが影は消ゆ

明治より江戸たふとしと日和下駄荷風は足に風を飼ふひと

こめかみを白くひからせ大学を去りゆく荷風冬のそよかぜ

さやさやと冬の扇のしろびかり三味線の音見返り柳

雨よ降れ正直者のひとばしら神よろこばす時世《ときよ》ふたたび

ふらんすにゾラありて軍を糾弾す荷風に色あり悲しもよ色

北大にて

わが臍《ほぞ》のきゆんとしぼんで汗を出す十一月の吹雪のなかで

パールマイカの雪耳たぶのうへにきてああこの須臾が永遠となる

つらなりてはみ出てくろき梯子の図われはみひらく位相幾何学

わかきらは三年任期刻苦せりわが採点す悪魔のごとく

言絶《ことた》えぬ顎ひからせてわかきひとわれを見つむる質疑の時間

雪のなか

雪室にしづかに熟るる酒恋へば天霧らひくも東京も雪

取り出でつ新聞の文字朝明けの雪が濡らせり【入試改革】

雪中の白鳥のごとうつくしく〈学〉ありきいま白鳥の歌

捨てちやえと岩田正の吐きすてし学なりわれはひとよ守りき

学捨ててはげむ魯迅よ冬ふかく捨てられてゆく世界の学は

客星

オリオンの肩に平家の星赤し荒ぶるは星の世界ならねど

平家星こよひ爆発せむといふ不規則発言のやうにうつくし

客星の御座を犯さむこころざし夜半にしのべば冴えわたるなり

科学とはかの日陰陽道なりきしづかに蠟を燃しつつおもふ

陰陽道を科学は超えて進めども平家星ほろぶあはれは見えず

蠟垂れて脳漿垂るるここちせり坂井博士は燃えず消ゆらむ

虻

問ふことを捨てて赤門くぐる君あはれや春は花の十八

わかきらのＡＩぐるひ下剋上追ひはらはれてわたしつれづれ

忘られて三四郎池あゆみきぬまつぱだかなりこの藤蔓も

わかきらに道をゆづれと言はるれどこのみちそのみち道ならざらむ

桜咲き先生寒き季節なりはづまぬ鞠をつきつつひとり

いつのまに世をとほざかる羽生えてわたしけふから歌うたふ虻

ジバゴ

手賀沼へつづくひとすぢ黒き水大鷭の子の下をながるる

岸に立ちわれは見てをり波の間をひくくただよふ大鷭の群れ

うやまはむこころ湧くかも大鶺は苔も凍れるシベリアゆ来し

大鶺よ汝《な》がふるさとは雪野原ジバゴ生きたり髭ふるはせて

額《ぬか》しろき大鶺見つつわれひとりユーリ・ジバゴをしのび涙す

橋渡る父と子のこゑきらきらと川面に落ちぬくろき川面に

ゆまる

目ぢからの乏しきわれや睨めどもポメラニアンはゆまりやめざり

世を怒るわが目のなかにほのぼのと動詞「ゆまる」のぬくさ悲しさ

孟母

そよそよと風ながれきて赤とんぼひとつ寄りくもゆふぐれの窓

目閉ざせば孟母三遷はるかなり東葛高校の鐘鳴りいでぬ

たそかれの光のなかの猿《ましら》ども苔の酒呑みてほほゑみかはす

サフィニアのむらさきを打つ日のひかりひそとこの庭老いそめしかな

秋雨をながむるわれやなにをせし博士になつて三十五年

ミラ

二〇一九年一一月。鯨座ミラの光度は極大となる

変光星ミラゆつくりとふくらんでほのほ吐くみゆわが誕生日

脈動をくりかへしやがて死に至るミラをみつめてわが血はめぐる

三百年旅せしひかり濃く淡くミラ照りかげる晩秋の空

ミラまでの距離三百光年

三百年むかし老いたるガリヴァーは帰り来たりきヤフーの住処

おほぞらに鯨がひとつ浮きいでてその腹のなかわが夢がゐる

ミラは鯨座の星

ミラが見る夢かもしれぬこのわたしあした戦火で死ぬまでの夢

血を吐きし祖父あり痰をつまらせし父あり　ドローンに撃たれむわれは

なぜひとは夢よりはかなきものを恋ふわれは問ひかく夜明けの夢に

ジェノサイドその単純を経しのちのユダヤより濃き夢はあらめや

にんげんは単純無比の野獣なり　さう書きそめて鏡見にゆく

わきたちて目の奥の血よ秋冷の鏡といふもしづめがたしも

サイダーの泡消えて飛ぶ秋の香やこの街にわれはさびしく生きむ

白鳥はいまシベリアを発つならむミラやうやくにかげらむとして

たまかぎる

波ひくきあづまの川やかつてここにセシウム降りきいまコロナ降る

エンジンに火を打つ火曜まひるまのパーキングここは空気がうすい

かなしきはバーガーショップたまかぎる here or to go の here をなくして

ほのぼのと花にまぎらす憂きことのさはされど去らず雨ふりいでぬ

人中

午前二時牛乳パックひらきゆくものぐるほしも鋏のひかり

八時寝の二時起き続くわが日々よ還暦もはや一年すぎて

なだらかに時間過ぎゆく春を知る六十一歳顒《えら》なでながら

あさかげや食パンの耳のやはらかさ歯にたしかめて目をとづるなり

書いて書いて書いて休んでまた書いて時なきごとしウイルスの世は

にんげんはマスクをかけて隠しゆく春の人中《じんちゅう》ひと恋ふこころ

マスクしてにんげんの世をとほざかるわれは業平をこころにもちて

さながらにタイムワープの業平かコロナの春は真昼の散歩

業平の失意をわれももつゆゑか水鳥の浮くこの川いとし

泡に浮く春の芥よ業平よ泣いてすむかとつぶやいてゐる

業平のあづまははるか見さくれば浮雲ひとつかがやいて散る

菜の花は残りてさくら山ざくらすでにあらずも生き急ぐなよ

折口に説ありてわれはうつくしむ『伊勢物語』は貫之の筆

恋ほしきはむかしをとこの胸のなか時はゆつくり素直に流る

業平の貫之の飼ふ憂愁のかがやくと見え川面てりはゆ

都落ちいくたびありし歌びとはまひるほほゑむ聖《ひじり》ならねど

連想の飛びすぎるわれ咎めつつ妻もあゆめり葉桜のなか

わが妻は蛇も蜥蜴も平気なり妻に飼はれて三十四年

終はりからはじまる恋のありしこと不思議やむかし髪ながき妻

馬場あき子の大嘘ひとつ九十九里わが土下座して妻問ひせしと

花水木その高枝の残り花ひらりひらりと木を離れざり

わがうちに渾沌はもうあらざらむこんにちはカメみどりの背中

つつじはや吹き出づるかな疲れたるうつしみもあと一歩歩めよ

みじかうた富貴高貴のもんぢやないモンシロよアブよわれと遊べや

ピーナツの殻よりいづる糸のありさやらむとしてわれは刺さるる

なにかよきことをしたかと夭折の友語りかく雲のかがやき

すみわたる赤の崖空《きりぎし》にたちにんげんの世は夏となりゆく

ソクラテス

図書館にソクラテスひとり老いゆかむしはぶけば千の視線を浴びて

咳ひとつ出づればひとは気づくらむ彼の存在図書館の隅

ソクラテス声は出さねどうつくしきくちびるがいふ「寒い夏だね」

本を読む老ソクラテス目つぶれば顱頂しづかにひかりをたたふ

プラトンを育てられないソクラテス悲しもよ塵を踏んで出てゆく

鼻のあたま痒けれど掻かばコロナ来む夏の地下鉄あはれにつぽん

稗田阿礼

仰向けに死にし蟬ひとつ照らしそむそを月読と呼べばかぐはし

せみのはの一重を脱いでいだきあふ夏ありき　ひとは蟬よりさむく

人間ドックその朝妻に告げてきぬ肝・胆・膵の沈黙のこと

MRあたま入れればこのあたま死にたくなしと震ふならずや

病衣われ思ひいだしぬマルゴーの二〇一〇年セラーにねむる

われはわが死のほとりにて聴かまほし見まほし明けの孔雀・翡翠

死を想へば古事記は親し万象を神とよぶとき倭《わ》は香りけむ

柳田国男の説

をとこゆゑふくらむこころ稗田阿礼もし女なら美人なりけむ

秋暑しあさがほはまた狂ひ咲き　あの顔この顔「われぞ」とさけぶ

データ飛ぶ乱の世いまもにんげんにみじか歌あり鳴けちんちろり

歌びとは夜半のまどべでちんちろり明日も鳴くらむ絶滅危惧種

ＡＩにまかせて眠れまつぴるま千秋万歳声なく実る

猿真似といへば失礼お猿さんＡＩはまだ君には勝てぬ

わがラボもあと三年ようたふならわれより後でうたへＡＩ

恋せずばＡＩはひとを超えられぬ恋して枯れてサルビアの庭

逢ふことの絶えて逢ふことくりかへす芝生ふかふか黒猫の夢

個人情報保護法なんとザル法ぞ世にさらされむわれのあはれも

春の川走り泳ぎをして鳴きしカルガモの子は秋来て黙す

この秋も講義はすべて録画して　そのあとのわれ不良資産か

ひたぶるに老いよにんげんほろほろと声かはしあふ公園の昼

軽鴨

あらくさは川辺を埋めて音もなし秋ちかけれどまぶしきひかり

万葉の世の軽の池鴨鳴けり末流の子はわれたのします

軽鴨の子はまつすぐに堰へゆきふりかへらざり夏草の巣を

春の子はつつと親追ふばかりなり盛夏を過ぎて親知らぬふり

親鳥は四方見守《まも》りてただよへり子は知らざらむ堰を落ちつつ

われはいま憂愁の鴨息つきて音信不通の子にメールする

返信に「ゆくへ不明なう」告げながらにんげんの子は東京泳ぐ

夢

岩田正「夢みるはよし」と歌ひしも告げがたかりきわれに夢なし

ひたぶるの死者たち来たりツヴァイクのフロイトのそして正のこゑす

大学の学守れよと友らいふ命がけなり文学ことに

岩田正死後こそ声の聞こえけれ国壊してもひとを潰すな

「われら信ず。坂井さんは文学のひと」電子メールははてなく続く

トーマス・マンの名誉博士を消し去りしボン大学よひとごとならね

白髪のはえぎはまでも赤くして怒る正はいまわが胸に

夏の桂馬

額《ぬか》ちょんと扇子でたたき横を向く渡辺棋聖肘とがらせて

勝ち負けの境に傾《かし》ぐはげあたま大長考はしづかにひかる

藤井聡太ＡＩ超えの３一銀スマホで見つつ　もう止められぬ

昼御膳隅に折れたる爪楊枝かの定跡もほろびゆきしか

聡太には三角定規のやうなものわれの作りしコンピューターも

ＡＩを万能といひし司会者はＡＩ知らね聡太はわらふ

盤上に縛りのと金ほのぼのと見ゆれば王はもう死んでゐる

最後の一手

ひとはひとの脂《アブラ》をつけて駒を打つつややかにして夏の桂馬よ

カメラみな聡太に向かふゆふまぐれ渡辺明顎髭撫でて

藤井棋聖にんげんの玉《ぎょく》とうやまへどわが目は追へり「将棋の渡辺くん」†

† 「別冊少年マガジン」連載中のノンフィクション漫画。主人公は渡辺明

うすみどり羽織のうへに首たてて無表情なり夏の敗者は

ぬばたまの暗闇はひとを鬼にする人工知能よきみは知る無し

「ＡＩは短歌作るか？」三十年問はれつづけぬ今日はＺｏｏｍで

ＡＩに歌詠めぬとはおもはぬが恋はぬ死なぬのなにがおもしろ

ＡＩに歌を詠ませて昼寝する老いなどあるな西瓜の皮よ

歌ふとは手数尽くしたあとのこと夕顔を打つひとつぶの雨

クークックむきになるなよ　とねりこの葉のあひだから鳩が糞《ふん》する

水打てばあらくさに浮く水の珠《たま》ことばふたたび還らむひかり

ばうばうと長き生あるにほんじん四国の子猿子規が見てゐる

子規われを「あほ」と笑ひて本の奥四国の山の孫猿われを

言ひも言つたり「下手な歌よみ」さはされど子規は貫之に似過ぎて候

豆を食ふ小猿の声す食ふほどに歯のよわきありつよきもあらむ

この嘘もあのまやかしも蒼天の偏西風でありしか明治

金州で鷗外が子規に贈りたる歌仙一巻いづこにありや

夏草は明治もいまもけぢめなし跳ぶほかあらね四国孫猿

牛の尻蠅がいつぴき残されて炎熱の昼われたのします

戦後日本大愚といふを忘れたり小蠅ぶんぶん母屋を揺らす

前衛の三傑

日本脱出しない私が読んで聴く荷風のドビュッシー邦雄のピアフ

時といふ魔物の股間くろぐろとみづくきの岡井立ちてたふれき

ぶたのしつぽ生まれないまま百年は消えて寺山「さらば箱舟」

三人とも死んだ

向日葵の種は描くよフィボナッチ様式は生く花を枯らして

セクハラにならないやうに出す小声「命みじかし――短歌だ、をとめ」

われはいま山椒魚か草亀か歌てふ淵を再《ま》たくぐりつつ

ヤフーの世界

かなたより歳晩の鴨押し流すみづ到来す黒の刻々

緑金《りよくこん》の鴨のあたまはかがやけど暮れてゆくわが人間あたま

枯れはやき草食みながら軽鴨はほほを打つ風楽しむならめ

鴨老いてとどめがたきを知るならむまひるまの水ゆふぐれの風

いつしらにわれがいちばん白くなり人間あたまＺｏｏｍに並ぶ

青色遮光老眼鏡で見てをれば友は昼呑むすさまじきかな

清女なら昼吠ゆるひといかに見むわが友ふたりＺｏｏｍに吠ゆる

焼酎に倦みてテキーラ呑む友よ映像なれど息吐くなかれ

椰子ゆるる背景動画つきやぶり友の孫泣く冬ふかみかも

酒といふ毒を呑みつつ四十年令和二年はアブサンも呑む

なつかしき友らみゆれど触れざりし一年は過ぐパラフィンのごと

コロナの年暮れて世界はわれひとりモンティー・パイソン飽き飽き見をり

学死ぬとわれ死ぬといづれ早からむ木星土星よりそふ空よ

節目なく年すぎゆかむ颪の庭レモンの実ふたつかがやかせつつ

レモン見て唾わきやまずパブロフの犬の寒さやわが大晦日

実るとは死んでゆくことレモンの実来む春の死を秘めてひそけし

冬の虹脚より消えてどこへゆく大澤真幸色即是空

にんげんがにんげんの世を終はらするそも傲慢と咲くやコロナは

ビオラ咲きフェイジョア繁る春の庭妻のたつとき庭は色もつ

わが歌の四辺どこにも届かざる評飽き飽きと四十年《しじふ》過ぐ

わが歌の四辺に至る道無しと妻笑ふかな白いマスクで

ひとのこころさやぎ死にゆくいかに見し沼空の馬スウィフトの馬

スウィフトの絶望と釈のかそけさといまにあたらし心もて見よ

ビットコイン仮想空間にうばひあふ七十七億ヤフーの世界

動かねば言はねば春の朝の月すずやかにわが時を逝かしむ

渡り待つ真鴨は胸を見るといふ春のこころはのどかにあらず

鳥の鳴くいづこも憂き世　真鴨ゆき軽鴨残る春の川みゆ

軽鴨をわれは見てをり軽鴨は服なく金なく妻と子がゐる

川岸のさくらの花芽つつぷんとわれに触れたり硬き花芽は

学位審査ひとつ終はりて思へらくかしこきは心直くあれかし

春一番博士ひとりを世に出だすゾシマ長老のこころになりて

このあした〈諾〉の一字をメールせりインターネットはルビコンの川

右往左往支離滅裂のわが歩み還暦過ぎてまた曲がり角

六十二歳世界旅行に出た父よ同い年われは生ゴミ縛る

ふたほがみ悪しき悲しき夢ばかりふくらみゆかむこの遊星や

あとがき

『塗中騒騒』は私の第十二歌集。二〇一七年夏から二〇二一年春までの五百二十一首を収めた。年齢でいえば、五十八歳から六十二歳まで。題は「首すくめ亀に転生するわれか泥の渦巻くゆふぐれの池」と『荘子』の「曳尾於塗中」から採った。

この時期、「短歌往来」に「世界を読み、歌を詠む　―楽しみと苦しみと―」、「歌壇」に「蘇る短歌――大好きなうた、ちょっと苦手なうた」、角川「短歌」に「かなしみの歌びとたち――近代の感傷、現代の苦悩」、日経新聞に「うたごころは科学する」と四つの連載をもたせていただいた。同時進行のこれら連載をさまざまに楽しみながら、自分の学芸の体験を時間をかけて反芻した。今も連載中の角川を除き、どれもが単行本となった。

二〇一七年一一月三日に岩田正先生が亡くなった。そのあと、遺歌集『柿生坂』の編集をお手伝いした。歌人岩田正は評論家・啓蒙家として広く知られたが、最晩年の彼は、作品において現代短歌の世界にひとすじの足跡を示した。岩田と私はものの考え方も性格も大きく違い、このために幾度か深刻な喧嘩もしたが、晩年の彼は私にとっての宝物をいくつか残してくれた。

二〇一八年五月には、「かりん」が四十周年を迎え、記念号の編集、祝賀会のお世話などをした。

生業では、ふつうの教員の仕事、つまり教育と研究をしていた。あたり前のことなのだが、それまで二十年間、総長補佐や研究科長などお世話役として過ごす時間が長かったので、ひと息ついた時期であった。といっても、私の研究室は以前よりいくぶん大きくなっていて、自分のことよりも、若手の研究者や大学院生の世話をするので精一杯だったとも言える。それでも、自分のやってきたことの延長線上で潑剌と仕事する彼ら彼女らと議論したり、ときに相談に乗ったりするのは、大きな楽しみだった。

また、この歌集の冒頭の頃、両親がともに要介護状態となり、妻の母親も米寿となって病院通いをすることになった。これらがあって、二〇一八年秋に、長年住み慣れた茨城県つくばみらい市から千葉県柏市に引っ越した。両方の親のいる我孫子と野田の中間をとり、さらには、まだしばらく都心で働くこととなる私の通勤時間を考えてのことだった。

歌集の最後の頃はコロナ禍に入った時期。講義も会合も、歌会も批評会もZoomとなり、コミュニケーションのありかたが変わった。コロナ以前も海外からオンラインで仕事することはあったが、日常これが主になるとは思わなかった。

*

私という世間嫌いの亀は、これまでずっと、世の中とは即かず離れずの距離を保ちながら、糊口を凌ぐために、四苦八苦してきた。この歌集の時期、つまり還暦前後も例外ではない。

二十一世紀の亀は、塗中に尾を曳くばかりでは自分を守ることができない。かといって、都邑の道を歩むばかりだと俗臭にあてられて身動きできなくなる。亀といえど心穏やかに息の緒をつなぐのは至難の業なのだが、せめて息苦しい俗事の隙間に、東西の古典や現代文学、絵画や音楽と親しみ、歌を詠んで、騒騒たるわが身を蔑して楽しみたい。『塗中騒騒』はそんなありふれた人間の哀楽の結晶であろう。

二〇二三年四月三日

坂井　修一

著者略歴

坂井修一（さかい・しゅういち）

1958年11月１日　愛媛県松山市生。1978年「かりん」入会と同時に作歌開始。歌集『ラビュリントスの日々』（現代歌人協会賞）、『ジャックの種子』（寺山修司短歌賞）、『アメリカ』（若山牧水賞）、『望楼の春』（迢空賞）、『亀のピカソ』（小野市詩歌文学賞）等。評論集『斎藤茂吉から塚本邦雄へ』（日本歌人クラブ評論賞）等。その他、『鑑賞・現代短歌　塚本邦雄』、『ここからはじめる短歌入門』『蘇る短歌』『森鷗外の百首』『世界を読み、歌を詠む』等。現在、「かりん」編集人。現代歌人協会副理事長。日本文藝家協会理事。

かりん叢書第四一八篇

歌集　塗中騒騒《とちゅうそうそう》

令和五年七月十日　初版発行

著　者　坂井　修一

発行者　奥田　洋子

発行所　本阿弥《ほんあみ》書店

〒一〇一―〇〇六四

東京都千代田区神田猿楽町二―一―八　三恵ビル

電　話　〇三（三二九四）七〇六八（代）

振　替　〇〇一〇〇―五―一六四四三〇

印刷製本　日本ハイコム株式会社

定　価　二九七〇円（本体二七〇〇円）⑩

ISBN978-4-7768-1647-8　C0092（3363）　Printed in Japan